naere

¡Aprende a leer, paso a paso!

Listos para leer **Preescolar–Kínder**
• letra grande y palabras fáciles • rima y ritmo • pistas visuales
Para niños que conocen el abecedario y quieren comenzar a leer.

Leyendo con ayuda **Preescolar–Primer grado**
• vocabulario básico • oraciones cortas • historias simples
Para niños que identifican algunas palabras visualmente
y logran leer palabras nuevas con un poco de ayuda.

Leyendo solos **Primer grado–Tercer grado**
• personajes carismáticos • tramas sencillas • temas populares
Para niños que están listos para leer solos.

Leyendo párrafos **Segundo grado–Tercer grado**
• vocabulario más complejo • párrafos cortos • historias emocionantes
Para nuevos lectores independientes que leen oraciones simples
con seguridad.

Listos para capítulos **Segundo grado–Cuarto grado**
• capítulos • párrafos más largos • ilustraciones a color
Para niños que quieren comenzar a leer novelas cortas, pero aún
disfrutan de imágenes coloridas.

STEP INTO READING® está diseñado para darle a todo niño una
experiencia de lectura exitosa. Los grados escolares son únicamente guías.
Cada niño avanzará a su propio ritmo, desarrollando confianza en sus
habilidades de lector.

Recuerda, una vida de la mano de la lectura comienza con tan sólo un paso.

A Stacey, Megan, Pete y Bayne,
con mucha gratitud. ¡Gooool!
—T.P.

A mis campeones Tyler y Lalane.
—B.M.

Text copyright © 2019 by Terry Pierce
Cover art and interior illustrations copyright © 2019 by Bob McMahon
Translation copyright © 2021 by Penguin Random House LLC

Visit us on the Web!
StepIntoReading.com
rhcbooks.com

Educators and librarians, for a variety of teaching tools, visit us at
RHTeachersLibrarians.com

Library of Congress Cataloging-in-Publication Data
Names: Pierce, Terry, author. | McMahon, Bob, illustrator.
Title: Soccer time! / by Terry Pierce; illustrated by Bob McMahon.
Description: New York: Random House, [2019] | Series: Step into reading. Step 1 |
Summary: In rhyming verse, active children learn the fundamentals of soccer.
Identifiers: LCCN 2018037169 | ISBN 978-0-525-58203-8 (pbk.) |
ISBN 978-0-525-58204-5 (lib. bdg.) | ISBN 978-0-525-58205-2 (ebook)
Subjects: | CYAC: Stories in rhyme. | Soccer—Fiction.
Classification: LCC PZ8.3.P558643 So 2019 | DDC [E]—dc23

ISBN 978-0-593-17776-1 (Spanish edition trade pbk.) | ISBN 978-0-593-37294-4
(Spanish edition library binding) | ISBN 978-0-593-17777-8 (Spanish edition ebook)

Printed in the United States of America
10 9 8 7 6 5 4 3 2 1
First Spanish Edition

PASO 1
LISTOS PARA LEER
LEYENDO A PASOS®

EN ESPAÑOL

¡HORA DEL FÚTBOL!

Terry Pierce

traducción de Polo Orozco

ilustrado por Bob McMahon

Random House 🏠 New York

¡Hora del fútbol!

Nos formamos.

La práctica empieza.

Unos se tropiezan.

Corremos sobre el césped

y pasamos el balón.

Sin las manos,
sólo los pies.

¡Piii!

El partido empieza.

Pateo.

¡Pum!

El público aplaude.

El otro equipo
bloquea.

Unos se caen.

—¡Sepárense!

—la entrenadora grita.

—¡Sepárense!

Pasamos.

Paramos.

Veo al portero.

Me preparo.

¡Disparo!

El portero salta . . .

. . . y agarra el balón.

—¡Intenta de nuevo!

—la entrenadora dice.

23

Tengo el balón.

Pateo.

¡Pum!

Por la izquierda,
paso a la izquierda.

¡Piii! El silbato suena.

Pateamos.

Jugamos.

¡Ups!

Hacia el otro lado.

Pateo.

El balón rueda.

¡Anoto un gol!

El partido se acaba.

Nos divertimos.

Nos despedimos.

¡Hasta pronto, fútbol!